The blue summer and you

The
blue summer
and you

Nagisa Furuya

The blue summer and you

SOMMARIO

Capitolo 1

FINAL-MENTE È USCITO IL SOLE!
NON HA FATTO ALTRO CHE PIOVERE!
SARÀ UNA BREVE PAU-SA DURANTE LA STAGIO-NE DELLE PIOGGE...
UFFA... NON SOPPORTO QUESTO CLIMA UMIDO!
BE', ANCHE IL TROPPO CALDO È SGRADE-VOLE...
NON VEDO L'ORA CHE FINISCA QUESTA STAGIONE!

MMH?
WATARU?

OKURA!
PERCHÈ VAI COSÌ DI FRETTA?
STAVO PARLANDO COL PROFESSORE E MI HA TRATTENUTO A LUNGO!
DEVO SCAPPARE AL LAVORO!
STO FACENDO TARDI!
DAVVERO? SCUSA SE TI HO FERMATO.
NON VOLEVO...
SPERO CHE TU RIESCA AD ARRIVARE IN ORARIO!
GRAZIE! CI SI VEDE!
SCREENS
SALA NUMERO OTTO, ALLA SUA DESTRA.

OGGI È ABBASTANZA TRANQUILLO.
MI VIENE IL NERVOSO QUANDO VEDO QUALCUNO CHE VA ALLA PROIEZIONE DI UN FILM CHE NON HO ANCORA VISTO...
CI ANDRÒ ANCH'IO QUESTO WEEKEND, PERCIÒ SPERO CHE IL TEMPO PASSI IN FRETTA...
UFF
UFF
AAAH! OGGI È UNA MERAVIGLIA CON COSÌ POCHI POPCORN IN GIRO!
NIMI?
MAGARI FOSSE SEMPRE COSÌ...
LO SCORSO WEEKEND È STATA DURA, EH?
CREDEVO CHE NON CE L'AVREI MAI FATTA A FINIRE TUTTO!
EPPURE, IL TEMPO È LO STESSO SIA QUANDO C'È TANTA GENTE, CHE QUANDO È VUOTO...
IO SONO IL TIPO CHE SI INNERVOSISCE SUBITO APPENA SENTE UN RUMORE FORTE...
COMUNQUE POSSO CAPIRE IL TUO DESIDERIO DI TRANQUILLITÀ...
AH AH! SEMBRI PROPRIO IL TIPO CHE DICE LE COSE IN FACCIA, TODA!
COSA TE LO FA PENSARE?

AH, GIUSTO.
SAITO STA PER TORNARE, VAI PURE IN PAUSA.
GRAZIE MILLE.
A PROPOSITO...
SÌ?
MI SEMBRA CHE QUEL RAGAZZO LAGGIÙ STIA GUARDANDO TE...
LO CONOSCI?
EH?

AH!
...
S-SAEKI?!
CHE CI FAI QUI?
POTEVI CHIA-MARMI!
VISTO CHE C'ERI...
SONO VENU-TO DA QUESTE PARTI PER UNA COMMISSIONE DI LAVORO...
...COSÌ SONO PASSATO A VEDERE SE C'ERI, MA SEMBRAVI INDAFFA-RATO...
È LA PRIMA VOLTA CHE TI VEDO LAVO-RARE.
STAI BENE VESTITO COSÌ.

SEMBRI UNO DELLO STAFF DEL CINEMA.
TU DICI?
SÌ.
NON SEMBRO, SONO DELLO STAFF!
AH AH!
SCREENS
PIUTTOSTO, VISTO CHE SEI QUI, HAI VOGLIA DI VEDERE UN FILM?
NO, DEVO GIÀ ANDARMENE.
E POI, VORREI LASCIARMELO PER IL PROSSIMO WEEKEND.
OH, HAI RAGIONE.
ALLORA, BUON LAVORO!
CI VEDIAMO NEL WEEKEND.
SÌ!
E ORA...
...ANDIAMO IN PAUSA.
FWIP

TO-DAAA!
GRAB
WAH!
CHI ERA QUEL RAGAZZO? UN TUO AMICO? UNO DELL'UNIVERSITÀ?
EHM...
È UN EX COMPAGNO DEL LICEO.
LO CONOSCI BENE?
BE', SÌ.
MEGLIO PER ME.
POTRESTI PRESENTARMELO?
NON CREDO SIA UNA BUONA IDEA...
È PROPRIO IL MIO TIPO.
PERCHÉ?
LUI...
...STA...
...STA GIÀ INSIEME A QUALCUNO...

PERCHÉ SEI IMBARAZZATO?
NON RIESCI A FARE DUE PIÙ DUE?!
LO SAPEVO... ALLORA È COSÌ, EH?
AAAH... E IO CHE GIÀ MI IMMAGINAVO A RISVEGLIARMI PER TUTTA LA VITA CON UN BEL RAGAZZO CHE DORME AL MIO FIANCO...
AAAH
は
MAGARI IN UNA VITA FUTURA.
NON TE LA PRENDERE.
NEANCHE NELLA PROSSIMA, PROPRIO IN UNA VITA FUTURA, EH?
...
ZASH
退散
"PERCHÉ?"
BE'...
...NON L'HO MAI DETTO CHIARO E TONDO...
...PERÒ...
...NOI...
...STIAMO INSIEME...
AAAH... PERCHÉ SENTO ANCORA TUTTO QUESTO IMBARAZZO?!
DOPO IL DIPLOMA...

...SAEKI È TORNATO A TOKYO PER FREQUENTARE L'UNIVERSITÀ.
LUI VIVE DA SOLO, MENTRE IO CONTINUO A STARE A CASA MIA...
...E LE UNIVERSITÀ CHE FREQUENTIAMO SONO DIVERSE.
QUANDO MI SONO ACCORTO DEI MIEI SENTIMENTI, ERAVAMO GIÀ DISTANTI...
E L'ANNO SCORSO, A CAUSA DEGLI ESAMI D'AMMISSIONE, CI SIAMO POTUTI VEDERE POCHISSIMO.
STRUSH
A DIRLA TUTTA...
...NON AVEVO REALIZZATO DAVVERO COME STAVANO LE COSE TRA NOI.
ANCHE SE UNA VOLTA PER SCHERZO MI HA SPINTO SUL LETTO...
ORA CHE SIAMO DI NUOVO VICINI...
HO LA SENSAZIONE CHE FINALMENTE...
...TUTTO QUESTO SIA REALE...

TRA UNIVERSITÀ E LAVORO PART TIME...
...ALLA FINE RIUSCIAMO A VEDERCI POCO...
...MA OGGI, DOPO TANTO TEMPO...
ECCOLO!
EH?

ERI QUI, WATARU?
POTEVI CHIAMARMI.
BE', MI SEMBRAVI GIÀ IMPEGNATO A PARLARE...
SÌ, INSOMMA...
NON CREDEVO SUCCEDESSE DAVVERO CHE LE RAGAZZE CI PROVASSERO COI RAGAZZI, E INVECE...
NO, ECCO...
SÌ.
GLOM
CHE SGUARDO TORVO...
DEVO METTERE IN CONTO CHE A STARE CON TE POSSA SUCCEDERE ANCHE QUESTO.
SEI INCREDIBILE.
...
CHE C'È?
NIENTE...
È SOLO CHE TU...

...DI SOLITO NON FAI MOLTO CASO A CERTE COSE.
CERTE COSE?
BE', INSOMMA...
AL FATTO CHE QUALCUNO MI RIVOLGA LA PAROLA O CHE MI FACCIA UNA DICHIARAZIONE... QUESTO GENERE DI COSE.
CERTO, SE DOVESSI FARCI CASO OGNI VOLTA SAREBBE UNA STORIA SENZA FINE...
NON RIUSCIREI A SOPPORTARLO...
AH AH!
È SOLTANTO UN MIO CAPRICCIO, MA...
...MI PIACEREBBE CHE FOSSI UN PO' GELOSO...
...
SCEMO.

WAH!
IL VENTO È CALDO ANCHE DI SERA!
FLAP
FLAP
OGGI È PARTICOLARMENTE UMIDO.
PERÒ ABBIAMO VISTO UN FILM, ABBIAMO GIOCATO E ANCHE MANGIATO.
MI SENTO DAVVERO BENE!
ULTIMAMENTE NON HO AVUTO UN ATTIMO DI RESPIRO.

ERA DA TANTO CHE NON STAVAMO INSIEME IN TUTTA CALMA.
GIÀ.
CREDEVO CHE GLI STUDENTI UNIVERSITARI AVESSERO MOLTO PIÙ TEMPO LIBERO.
NON SARÀ PERCHÈ LAVORI?
SÌ, ESATTO!
AVEVO DATO DISPONIBILITÀ A LAVORARE SU TURNI, MA NON PENSAVO CHE MI CHIAMASSERO COSÌ SPESSO.
BE', COMUNQUE NON MI STO SACRIFICANDO TROPPO E ALLA FINE SONO SOLDI GUADAGNATI IN PIÙ; QUINDI MI STA BENE...
...
"CHE STAI GUARDANDO?"
"UHM... STO CERCANDO UN LAVORETTO PART TIME..."
"NON SAPREI COSA FARE..."
"ALLORA..."
"...PERCHÈ NON PROVI IN UN CINEMA?"

"SAREBBE BELLO LAVORARE..."
"...FACENDO UNA COSA CHE TI PIACE, NO?"
MI DIVERTO E I COLLEGHI SONO ADORABILI, QUINDI NON POSSO PROPRIO LAMENTARMI!
E POI POSSO VEDERE I FILM GRATIS.
TI RINGRAZIO PER AVERMELO CONSIGLIATO.
LA MIA ERA SOLO UNA PROPOSTA...
...MA MI FA PIACERE CHE TI TROVI BENE.
BE', IO HO SEMPRE CONSIDERATO IL CINEMA UN POSTO DOVE VEDERE FILM, NON PER LAVORARE.
ANCHE TU SEI PARECCHIO IMPEGNATO, DICO BENE, SAEKI?
COME INSEGNANTE DEL DOPOSCUOLA.
È QUESTO IL MOMENTO DI METTERCELA TUTTA.
E POI ANCH'IO MI DIVERTO.
INSEGNARE AGLI ALTRI DIVENTA ANCHE UN'OCCASIONE PER IMPARARE.
TU SEI IN GAMBA A SPIEGARE LE COSE.

ORA CHE CI PENSO...
...QUANDO ERAVAMO AL LICEO, VENIVAMO SPESSO QUI.
DA QUANDO È INIZIATA L'UNIVERSITÀ, È LA PRIMA VOLTA CHE CI TORNIAMO.
È INEVITABILE QUANDO SI CAMBIA ZONA...
SENTI...
PERCHÈ...

...NON CI SEDIAMO UN ATTIMO?
QUESTO POSTO...
...MI METTE UN PO' DI AGITAZIONE...
HO LA SCHIENA RIGIDA.
AH AH!
STAI RIVIVENDO IL NERVOSISMO DI ALLORA?
FIX
BE', SÌ... IN VARI MODI...
...

CHE C'È...?
はしっ
SLAP
AHI!
EH?
EHI!
CHE FAI?
WATA-RU?
PAT
PAT
PAT
PAT
PAT
PAT
PAT
PAT
PAT

SEI QUI.
EH?
SEI REALE.
FINAL-MENTE HO LA SENSAZIONE CHE TU SIA TORNATO.

SAI...
...NON CI VEDIAMO TANTO SPESSO...
TUTTAVIA...
...MI BASTA POTERTI STARE ACCANTO...
...PER SENTIRMI FELICE.
ANCHE SE IN REALTÀ MI PIACEREBBE...
...SE POTESSIMO VEDERCI...
...DI PIÙ...

MENO MALE.

NON SONO IL SOLO A SENTIRE LA TUA MANCANZA.
...
PIUTTOSTO...
SIAMO ALL'APERTO.
AL MOMENTO NON C'È NESSUNO.
HAI CONTROLLATO PER BENE, EH?
...

POSSO FARLO DI NUOVO?
SÌ...
QUANDO INIZIE-RANNO LE VACANZE ESTIVE...
...FACCIAMO UN ALTRO PELLEGRI-NAGGIO!

STAVOLTA IN UN POSTO IN CUI VUOI ANDARE TU, WATARU.
MI PIACEREBBE TANTISSIMO VEDERE LE PIANURE ERBOSE DI JURASSIC PARK.
BE', SAI... A PENSARCI BENE, TUTTI I LUOGHI CHE VORREI VISITARE SONO ALL'ESTERO.
FORSE ALL'ESTERO... NON È IL CASO...
PER IL MOMENTO...
SE C'IMPEGNASSIMO, FORSE POTREMMO ANCHE RIUSCIRE AD ANDARCI... NO, BE'... DIPENDE DAL PAESE...
DA ORA FINO ALLE VACANZE ESTIVE, QUINDI...
BWAH AH!
NON M'IMPORTA DI ANDARE ALL'ESTERO.
CI PENSERÒ SU.
NON VEDO L'ORA!

L'ANNO SCORSO A CAUSA DEGLI ESAMI D'AMMISSIONE NON CI SIAMO POTUTI GODERE LE VACANZE...
AAAH...
QUANTO SAREBBE BELLO SE LE VACANZE ESTIVE FOSSERO GIÀ COMINCIATE!
BWAH AH!
MMH?
AH, NIENTE...
STAVO PENSANDO CHE ANCHE AL SECONDO ANNO DI LICEO HAI DETTO LA STESSA IDENTICA COSA.
DAVVERO?
CHE MEMORIA!
È NATURALE CHE ME LO RICORDI.

SPERO CHE ARRIVINO PRESTO...
TU RICORDI TUTTO, PERSINO LE COSE PIÙ INUTILI...
NIENTE AFFATTO.
GIUSTO LA NOSTRA CHIACCHIERATA ALLA LEZIONE DI CUCINA DURANTE IL PRIMO ANNO E COSUCCE DEL GENERE...
SMETTILA DI TIRARE FUORI IL MIO OSCURO PASSATO!

Capitolo 2

BIBIP
Avevo del tempo libero, così sono venuto qui. Ti aspetto vicino all'entrata principale.
WATARU.
EHILÀ!

The
blue summer
and you

Nagisa Furuya

CHE SORPRESA!
HAI FATTO PRESTO.
LA LEZIONE È STATA ANNULLATA PER MOTIVI PERSONALI DEL PROFESSORE.
NON AVEVO NULLA DI PARTICOLARE DA FARE, COSÌ SONO VENUTO A DARE UN'OCCHIATA DALLE TUE PARTI.
PIUTTOSTO, SCUSAMI. TI HO MESSO FRETTA?
NO, TRANQUILLO.
SCUSA TU SE TI HO FATTO ASPETTARE.
NESSUN PROBLEMA! È DIVERTENTE VEDERE UN'ALTRA UNIVERSITÀ, HO FATTO UN GIRO QUI INTORNO.
AH AH AH!
NE SONO FELICE!
SENTO CHE POTREI FARE UN BEL SORRISO ADESSO!
VERAMENTE È DA PRIMA CHE STAI SORRIDENDO.
OH, DAVVERO?
ORA PUOI ANCHE SMETTERLA.
CHE FACCIAMO?
È ANCORA PRESTO PER ANDARE A MANGIARE...
ANCHE AL CINEMA A QUEST'ORA GLI SPETTACOLI SARANNO GIÀ INIZIATI...
POTREMMO PASSARE IN LIBRERIA...
CERTO.

MMH?
ERI ANCORA QUI?
AKIYOSHI!
BE'...
CREDEVO TE NE FOSSI ANDATO SUBITO, INVECE AVEVI UN APPUNTAMENTO.
DI CHE FACOLTÀ SEI?
NON TI HO MAI VISTO.
AH, NON STUDIO QUI, FREQUENTO L'UNIVERSITÀ T.
OH, CAPISCO.
SIETE DIRETTI DA QUALCHE PARTE?
PENSAVAMO DI ANDARE A MANGIARE QUALCOSA.
OH, DAVVERO? POSSO VENIRE CON VOI?
BE'...
PER ME VA BENE, MA...
CHE PROBLEMA C'È? ANDIAMO!

* TIPICO PIATTO INVERNALE PARTICOLARMENTE RICCO DI INGREDIENTI.

TAKLAN
TAKLAN
AKIYOSHI È UN TIPO SIMPATICO.
SÌ.
È UNO CHE NON SI FA PROBLEMI.
SÌ, CAPISCO QUELLO CHE INTENDI.
SENTI...
PRIMA C'ERA ANCHE LUI E NON HO POTUTO DIRTELO, MA...
LA SETTIMANA PROSSIMA O QUELLA SUCCESSIVA...
...PERCHÉ NON VIENI DA ME?
FINALMENTE MI ARRIVERÀ IL DIVANO.
OH, ALLORA L'HOME THEATRE SARÀ PRONTO!
CERTO CHE CI VENGO! MI PIACEREBBE UN SACCO!
DATO CHE SABATO E DOMENICA LAVORO... CHE NE DICI DI FARE VENERDÌ?
VA BENE.
ALLORA FARÒ IN MODO DI ORGANIZZARMI ANCH'IO.
AH.
PIÙ CHE ALTRO, VA BENE SE RESTO A DORMIRE?
COSÌ POSSIAMO PRENDERCELA CON CALMA.

È UN PROBLEMA PER TE?
NO, NIENTE AFFATTO.
SAREBBE MEGLIO ANCHE PER ME.
CAPISCO.
È ARRIVATO IL TRENO.
ALLORA, CI VEDIAMO.
SÌ, ALLA PROSSIMA.
TAKLAN
TAKLAN
VRRR
È GUCCHI.
Giovedì prossimo sei libero?
Perché non ci vediamo tutti insieme? È passato un sacco di tempo!
Mi farebbe piacere!
TAKLAN
IN UN ATTIMO HO RIEMPITO TUTTI I BUCHI DELLA PROSSIMA SETTIMANA.
TAKLAN
IL TRENO LOCALE DIRETTO A ●● È IN ARRIVO AL BINARIO DUE.

I PASSEG-GERI SONO PREGATI DI NON OLTRE-PASSARE LA LINEA GIALLA.
IL TRENO LOCALE DIRETTO A...
WATARU!
MI SEI MANCA-TO!

BWAH AH!
SEI SEMPRE IL SOLITO, GUCCHI! CI SIAMO VISTI ANCHE IL MESE SCORSO, NO?
SCEMO! IL MESE SCORSO È UN SACCO DI TEMPO FA!
IO E SEKIGUCHI ABITIAMO VICINI, PERCIÒ CI CAPITA DI VEDERCI.
PAT ばし
PAT ばし
BEATI VOI... SONO L'UNICO TAGLIATO FUORI.
MA SEI SEMPRE OCCUPATO COL LAVORO.
COME VA AL CINEMA?
MI DIVERTO!
AH, C'È UN RAGAZZO DI NOME NIMI CHE PORTA GLI OCCHIALI E MI TROVO MOLTO BENE A PARLARE CON LUI...
FORSE VADO PARTICOLARMENTE D'ACCORDO CON I TIPI OCCHIALUTI.
COSA?!
È COMPARSO UN MIO RIVALE?!
NON GLI CEDERÒ IL POSTO DI QUATTROCCHI PREFERITO DI WATARU...
PERCHÉ, È QUALCOSA PER CUI RIVALEGGIARE?
MA CHE DICI?

ROUND11
ACCIDENTI...
IL SOLE DEL MATTINO È ABBAGLIANTE.
E ORA TORNIAMO A CASA A CAMBIARCI E FILIAMO DI CORSA ALL'UNIVERSITÀ.

WATARU.
WATARU! LA LEZIONE E` FINITA.
EH?! E` FINITA?!
HAI DORMITO COME UN SASSO! CHE TI E` SUCCESSO?
IERI CON DEI MIEI AMICI DEL LICEO CI SIAMO LASCIATI PRENDERE DALL'ENTUSIASMO E ABBIAMO PASSATO LA NOTTE FUORI.
CREDEVO DI POTER RESISTERE SENZA PROBLEMI E INVECE...
SCUSA.
LASCIAMI COPIARE I TUOI APPUNTI.
NON SAPREI...
TI REGALO UNA GIOCATA GRATIS!
NON HO SCELTA, EH?

OOOH!
QUELLO CHE VOLEVO!
SOMMO WATARU!
NESSUN PROBLEMA.
OGGI NON VAI AL LAVORO?
NO.
OH, MEGLIO COSÌ.
ALLORA TORNI A CASA E TI METTI A DORMIRE?
UHM...
OGGI...
...DORMIRE SAREBBE UNO SPRECO.

ZAK
ZAK ZAK ZAK ZAK ZAK ZAK
FSSSH
MMH?
CHE C'È?
...
SEI DAVVERO ABILE CON LE MANI!
E COSÌ SAI CUCINARE, EH?
NON C'È NIENTE CHE POSSA FARE.
I MIEI ERANO SPESSO FUORI PER LAVORO, PERCIÒ MI PREPARAVO DA MANGIARE DA SOLO.
E COMUNQUE NON CUCINO NULLA DI SPECIALE.

* POLPETTA DI RISO RIPIENA DI VARI INGREDIENTI.
** UOVA DI PESCE, SOLITAMENTE MERLUZZO O NASELLO, MARINATE.
*** PRUGNE IN SALAMOIA.

STAI MANGIANDO TUTTI I MIEI ONIGIRI!
EH? MA VOLEVO ASSAGGIARE QUELLI PREPARATI DA TE!
RAZZA DI CURIOSONE!
カチャ
CLACK
VUOI QUALCOSA DA BERE?
HAI UNA BIBITA GASSATA?
C'E' DELL'ACQUA FRIZZANTE E DEL SIDRO.
AH.
ALLORA PRENDO IL SIDRO.
ト
PAT
SCUSA UN ATTIMO.
CLACK
ガタ
DOVREI AVERE UN BICCHIERE PIU' GRANDE DA QUESTE PARTI...
AH, ECCOLO.

...
MMH...?
CHE C'È?
SCUSA! ERO TROPPO PESANTE?
NO, NON È PER QUELLO.
TU SEI...
...CRESCIUTO IN ALTEZZA?
EH?
EHM...

TE NE SEI ACCORTO, EH...?
AH! HO RAGIONE?
INFATTI MI SEMBRAVA...
SEI INCREDIBILE.
NON SE N'È ACCORTO NESSUN ALTRO.
SNAP
NON SONO INCREDIBILE.
È UNA COSA NORMALE, NO?
LO SEI, INVECE.
FAI SEMPRE COSÌ.
NOTI QUESTO GENERE DI COSE.
...
PIUTTOSTO...
QUANTO SEI ALTO ADESSO, SAEKI?
MI SONO ALZATO DI DUE CENTIMETRI, PERCIÒ SONO ARRIVATO AL METRO E OTTANTA PRECISO.
COSA?! NON C'È STORIA CON TE!
PERCHÉ MAI FAR CRESCERE ANCORA DI PIÙ UN TIPO GIÀ ALTO?!
NON STARAI ESAGERANDO?

SÌ, MA HO RAGIONE, NO? SAI CUCINARE E DIVENTI PURE PIÙ ALTO...
QUANTO VUOI MIGLIORARE ANCORA? CHE NERVI!
DAMMI UN PO' DELLA TUA ALTEZZA!
ESSERE ALTO NON COMPORTA NESSUN VANTAGGIO PARTICOLARE...
UFF
MA SEI FIGO, NO?
TU DICI?
PER ME SEI PIÙ FIGO TU, WATARU...
NON DIRLO CON QUEL TONO SERIOSO.

MI METTI IN IMBA-RAZZO.
THUK
PERÒ...

PER QUESTI MOMENTI...
...SEI PERFETTO.
AH!
AH?!
AH AH AH AH AH AH AH?!
CHE GLI E` PRESO?! COME GLI E` VENUTO IN MENTE?!
I BEI RAGAZZI FANNO PAURA!
UH...
CHE C'E`?!
LE TUE ORECCHIE SONO TUTTE ROSSE.
STA' ZITTO!
SAEKI.
UN MOMENTO...
...
I-IL MIO CUORE BATTE ALL'IMPAZZATA...

...
UGH...
WAH...
...
TU-TUM
TU-TUM
POSSO...
...TOCCARTI DI PIU'?
TU-TUM
...
TU-TUM

TARATTATA
TARATTATA
WHOA?!
GULP
AH! LA SVEGLIA?
PERCHÈ È SUONATA A QUEST'ORA...?
EH?
È PER IL FILM DEL VENERDÌ SERA...
AH...
...
...
ALLORA VEDIAMOLO...
SÌ...

UGH...
ACCI-DENTI...
LO SAPEVO, SE STO FERMO COSÌ...
PERÒ...
トン
THUD
EH?

SI E` ADDOR-MENTATO.

EH?
E` MAT-TINA...?

がばっ
VUSH
OOOH!
CHE SPA-
VENTO!
C-CHE...?
MI SARÒ
ADDOR-
MENTATO?!
...

"IO CHE GIÀ MI IMMAGINAVO A RISVEGLIARMI PER TUTTA LA VITA CON UN BEL RAGAZZO CHE DORME AL MIO FIANCO..."
INTENDEVA QUESTO?
MMH...?
SEI SVEGLIO, WATARU.
BUONGIORNO.
'GIORNO...
SCUSA.
HO DORMITO INSIEME A TE SENZA CHIEDERTI IL PERMESSO.
ERA TROPPO STRETTO?
OH, NIENTE AFFATTO.
QUESTO LETTO È BELLO GRANDE.
SCUSA TU, PIUTTOSTO...
...SE MI SONO ADDORMENTATO.
ERO UN PO' PREOCCUPATO PERCHÉ HO PROVATO A SVEGLIARTI, MA NON DAVI SEGNI DI VITA.
SCUSA.
UGH!
DI NIENTE, È STATO BELLO AMMIRARE IL TUO VISO ADDORMENTATO.
EH?!

CHE ORE SONO?
LE OTTO.
WAH! CHE DORMITA!
AAAH! MI SENTO MOLTO MEGLIO!
MMH
PERO` SONO TUTTO INDOLENZITO PER IL TROPPO SONNO.
GWAH!
STRIZZ
ぎゅっ
COME SAREBBE "GWAH"?
SMETTILA DI GIOCARE CON ME!

MALEDIZIONE...
HO ABBASSATO LA GUARDIA.
SONO STATO PIÙ VOLTE A CASA SUA PRIMA D'ORA...
...MA SI È SEMPRE COMPORTATO NORMALMENTE...
NON MI FA BENE AL CUORE...
...
"POSSO..."
"...TOCCARTI DI PIÙ?"
SIA PRIMA...
CHE ADESSO...

...HO LA SENSAZIONE DI ESSERE L'UNICO...
...A PROVARE QUESTO FORTISSIMO BATTICUORE...
FRIIN
FRIIN
LE CICALE...
FRIIN
FRIIN
SI DIREBBE CHE ANCHE QUEST'ANNO...
...FARÀ PARECCHIO CALDO...
FOTO BLU
7.20
USCITA
USCITA EST
USCITA OVEST

...
MI SONO DIMENTICATO DI CHIEDERGLI...
...DI ANDARE A VEDERLO INSIEME...
VLAM

PHEEEEEW!
QUALCOSA NON VA?
HAI SOSPIRATO PROFONDAMENTE.
BE', ECCO...
È CHE ULTIMAMENTE MI SEMBRA DI RAGIONARE COME UNA FANCIULLA INNOCENTE... E AVVERTO UN SENSO DI PERICOLO...
DI CHE PARLI?
OH, GIUSTO.
LA PROSSIMA SETTIMANA USCIRÀ FOTO BLU, NO?
AH, SÌ.
IL FILM DELLE VACANZE ESTIVE.
È DIRETTO DA ZAIZEN, GIUSTO?
ERA DA TANTISSIMO CHE NON USCIVA UN SUO FILM!
SÌ, INFATTI.
VISTO CHE USCIRÀ DURANTE LE VACANZE, L'HANNO PUBBLICIZZATO PARECCHIO.

IL REGISTA ZAIZEN, EH?
SENTI, TODA.
ORA CHE CI PENSO, SAEKI NON MI HA CHIESTO...
...DI ANDARE A VEDERLO INSIEME...
T'INTERESSANO LE PROIEZIONI SPECIALI AL-LA PRESENZA DEL CAST?
EH?
SÌ, VEDERE I FILM COL CAST IN SALA.
ANCHE NOI DI TANTO IN TANTO LE ORGANIZZIAMO.
IL GIORNO DELLA PRIMA PROIE-ZIONE, VERO?
PERCHÈ ME LO CHIEDI?
HO PROVATO A RICHIEDERE I BIGLIETTI SENZA PEN-SARCI TROP-PO, MA LI HO VINTI SUL SERIO.
DAVVERO?
SEI UN FAN DI RENA KUNIMI, NO?
DICONO CHE CI SARÀ ANCHE LEI.
SUL SERIO?!

SE T'INTERESSA, PERCHE` NON CI ANDIAMO INSIEME?
EH?

CHE DICI?
Capitolo 3
UNA PROIEZIONE ALLA PRESENZA DEL CAST...
SUL SERIO?!
SAPEVO CHE NEL FILM CI FOSSE RENA KUNIMI, MA NON IMMAGINAVO CHE PARTECIPASSE ANCHE ALLA PRIMA!
E COMUNQUE, NON SONO MAI STATO A UN EVENTO DEL GENERE, PERCIÒ MI PIACEREBBE UN SACCO ANDARCI!
ANF
ANF
AH.
HAI GIÀ IN PROGRAMMA DI ANDARE A VEDERLO?
...
PERÒ...
AH...
NO...
NON ANCORA...

PERÒ...
...AVREI FATTO BENE A CHIEDERGLIELO IERI.
BE', NON GLI HO PROMESSO NIENTE E COMUNQUE POTREI TORNARE A VEDERLO CON LUI, PERÒ...
NON DEVI NECESSARIAMENTE DARMI SUBITO UNA RISPOSTA.
NO!
CI VENGO! MI PIACEREBBE MOLTO!
DAVVERO?
OK!
ALLORA PIÙ TARDI TI DICO I DETTAGLI.
METTIAMOCI AL LAVORO ADESSO.
SISSIGNORE!
...
CON SAEKI...
...ANDRÒ A VEDERLO UN'ALTRA VOLTA...

IN FONDO, NON VEDIAMO SEMPRE TUTTI I FILM INSIEME...
E UN'OCCASIONE COME QUESTA È MOLTO RARA...
STIAMO PARLANDO DI UNA PROIEZIONE CON IL CAST!
IMMAGINO CHE SAREBBE CONTENTO...
...SE POTESSE ANDARCI...
PERÒ, BE'...
...I BIGLIETTI SONO DI UN'ALTRA PERSONA, PERCIÒ È IMPOSSIBILE...
HO FINITO LE PULIZIE.
BENE! ABBIAMO FATTO IN TEMPO!
MANCANO ANCORA CINQUE MINUTI! POTEVAMO RISPARMIARCI DI CORRERE!
AAAH... NON CE LA FACCIO PIÙ... MUOIO!
PANT
ANF
TUTTO OK, VECCHIETTO?
DIA PURE A ME.

"PER ME..."
"...QUEL FILM E` SPECIALE!"
PER LA SALA SEI MANCANO ANCORA DIECI MINUTI.
E POI CI LIBEREREMO DI QUESTA NOIOSISSIMA ATTESA.
...
SCUSA.
NIMI.
MMH?
RIGUARDO ALLA PROIEZIONE COL CAST...

* COMPAGNO PIÙ ANZIANO, A SCUOLA O SUL LAVORO.

OH OH OH!
SEI VICINISSIMO!
UHM... CAPISCO.
...
CAPISCO, CAPISCO!
VOGLIO SCAPPARE!
VUSH
ALLORA...
MALEDIZIONE! NON RIESCO A MENTIRE...
TI DARÒ IL MIO BIGLIETTO COSÌ POTRAI ANDARCI CON QUELLA PERSONA, CHE DICI?
EH...?

COME?
mi ha dato [...] la proiezione col cast
Perciò, riesci a liberarti questo sabato?

A GIUDICARE DALLA TUA ESPRESSIONE, SEMBRI FELICE.
AKIYOSHI?!
CHE SPAVENTO!
ガタ
TLACK
POSSO SEDERMI?
CERTO.
PIÙ CHE ALTRO...
...COS'È SUCCESSO ALLA TUA FACCIA?
AH...

IERI HO LITIGATO CON LA MIA RAGAZZA...
LA MIA EX, DIREI.
CAPISCO...
SI VEDE LA BOTTA, EH?
DICIAMO CHE NON PASSA INOSSERVATA.
UHM... FORSE DOVREI INDOSSARE LA MASCHERINA.
PREFERISCI NON PARLARNE?
NO, NON IMPORTA.
NON SONO PARTICOLARMENTE GIÙ DI MORALE.
DAVVERO?
NON CHE LA COSA MI LASCI INDIFFERENTE, MA...
* APPUNTAMENTO COMBINATO.
È UNA RAGAZZA UN PO' POSSESSIVA.
SI È ARRABBIATA QUANDO HA SCOPERTO CHE AVEVO PARTECIPATO A UN GOKON*, SENZA CHE NE AVESSI NEPPURE VOGLIA...
LE HO SPIEGATO COS'ERA SUCCESSO, MA NON HA VOLUTO SENTIRE RAGIONI, MI HA TIRATO UNO SCHIAFFO E SE NE È ANDATA.
E TU NON L'HAI SEGUITA?
NO.
TI ANDAVA BENE COSÌ?
UHM...
BE'...

FORSE SE NON L'HO FATTO...
...E` PERCHE` NON NE HO SENTITO IL BISOGNO...
INSOMMA...
CREDO CHE NON FOSSE LA RAGAZZA ADATTA A ME.
TU SEMBRI IL TIPO CHE RIESCE BENE ANCHE IN QUESTE COSE.
NO... NIENTE AFFATTO...
ALTRO CHE SCHIAFFO, SONO STATO PROPRIO PICCHIATO, UNA VOLTA...
EH? CHE PAURA!
CHE AVEVI COMBINATO?

SE NON FOSSE ACCADUTO...
...ADESSO NON SAREI QUI.
CHE STORIA PESANTE...
DELLA SERIE, VACCI PIANO...
AH AH! NON E' COME PENSI!
ANZI, AL CONTRARIO...
...QUESTA STORIA...
...MI HA FATTO GUARDARE ALLE COSE CON OTTIMISMO...

HO FATTO PRIMA DEL PREVISTO.
SAEKI NON E` ANCORA ARRIVATO...
C'E` UN'UMIDITA` PAZZESCA! NON VEDO L'ORA DI ENTRARE IN UN POSTO AL CHIUSO.
FLAP
FLAP
COMUNQUE...
EH?!
QUEI BIGLIETTI SONO TUOI, NIMI.
AH, BE'... DICIAMO CHE CI SAREI ANDATO GIUSTO PERCHE` LI AVEVO VINTI...
E POI MI BASTA POTER VEDERE IL FILM NORMALMENTE.
MA... PERCHE`?
PERCHE`...
...SE FAI QUELL'ESPRESSIONE, NON MI LASCI SCELTA, NO?

...
CHE RAZZA DI FACCIA AVEVO?
COMUNQUE NIMI È DAVVERO UNA BRAVA PERSONA.
CHIEDO SCUSA.
EH?
AAAH...
DOV'È...
...LA METROPOLITANA?
UNO STRANIERO!
È ALTISSIMO!
EH?
LA FERMATA DELLA METRO?
DOVREBBE ESSERE DALL'ALTRA PARTE...
DUNQUE... PER PRIMA COSA, VAI DALLA PARTE OPPOSTA DELLA STAZIONE...
CAPIRÀ IL GIAPPONESE?
ACCIDENTI, NON MI SEMBRA CHE STIA CAPENDO.
...
AAAH! NON ME LA CAVO BENE CON L'INGLESE...
PAT

SAEKI!
HEY, WHAT'S GOING ON HERE? (EHI, CHE SUCCEDE?)
?!
WOW! CAN YOU SPEAK ENGLISH? (WOW! PARLI INGLESE?)
I NEED TO CHANGE SUBWAY LINE, BUT I CAN'T FIGURE OUT HOW EVEN LOOKING AT THE MAP. (VORREI RAGGIUNGERE UN'ALTRA LINEA DELLA METROPOLITANA, MA NON RIESCO A CAPIRE COME NEANCHE CON LA CARTINA.)
I CAN HELP YOU... (POSSO AIUTARTI...)
FIRST OF ALL, WALK THROUGH THE ENTIRE PEDESTRIAN UNDERPASS AND REACH THE WEST ENTRANCE. (PER PRIMA COSA, PERCORRI TUTTO IL SOTTOPASSAGGIO PEDONALE FINO ALL'EN-TRATA OVEST.)
THAN GO STRAIGHT FROM THERE, AND WHEN YOU'LL REACH THE INTERSECTION GO TO THE LEFT. THAT'S IT. (PROSEGUI DRITTO, ALL'IN-CROCIO GIRA A SINISTRA E SEI ARRIVATO.)
ALL RIGHT. (PERFETTO.)
HOW LONG DOES IT TAKE? (QUANTO CI VORRÀ?)
IT'S NOT TOO FAR, YOU WILL BE THERE IN A FEW MINUTES. (NON È TROPPO LON-TANO, CI VORRÀ GIUSTO QUALCHE MINUTO.)
THANK YOU. YOU'VE BEEN REALLY HELPFUL! (TI RINGRAZIO. MI SEI STATO DI GRANDE AIUTO!)
YOU'RE WELCOME. (PREGO.)
MMH?
...

CONOSCI ANCHE L'INGLESE?
GIUSTO UN PO' DI CONVERSAZIONE...
DA DOVE SALTA FUORI QUESTO QUA?
SEI DAVVERO INCREDIBILE! MI HAI SALVATO.
THANK YOU!
PER UN ATTIMO MI È SEMBRATO AVESSI L'AUREOLA.
AH AH AH!
È ANCORA PRESTO.
CHE FACCIAMO?
VORREI MANGIARE QUALCOSA.
ENTRIAMO IN QUALCHE LOCALE?
AH!
C'È UN POSTO NUOVO CHE VORREI PROVARE.
SCREENS

ACCIDENTI!
SIAMO ARRIVATI GIUSTO IN TEMPO! CE LA SIAMO PRESI CON TROPPA CALMA...
FORTUNA CHE ABBIAMO GUARDATO L'OROLOGIO.
CE L'ABBIAMO FATTA.
C'È MANCATO POCO!

ORA CAPISCO!
ALLORA È COSÌ UNA PROIEZIONE ALLA PRESENZA DEL CAST!
È STATO INTERESSANTE!
SÌ.
VEDERE UN PERSONAGGIO DELLO SPETTACOLO IN CARNE E OSSA TI FA REALIZZARE CHE ESISTE DAVVERO!
KUNIMI ERA CARINA, EH?
SÌ, DAVVERO!
HA IL VISO PICCOLO E LA CARNAGIONE CHIARA...
NON SEMBRA NEPPURE UN ESSERE UMANO...
AH!
CHE C'È?
LO STO DICENDO A UN ALTRO CHE NON SEMBRA UMANO...
NO, NIENTE.
VADO IN BAGNO.
TI ASPETTO QUI.
OK!
THUD

MI SCUSI.
ECCO...
DUNQUE... DOV'È..?
MMH?
CHE SUC-CEDE?

COSA?!
UN'AGENZIA DI SPETTACOLO?!
UNA PERSONA DELL'AGENZIA CHE HA PARTECIPATO ALL'EVENTO...
...MI HA CHIESTO SE FOSSI INTERESSATO A DIVENTARE UN PERSONAGGIO DELLO SPETTACOLO.
EH? SIGNIFICA CHE VUOLE RECLUTARTI, NO?!
WAH! INCREDIBILE!
E CHE PENSI DI FARE?
OVVIAMENTE HO RIFIUTATO.
CHE VELOCITÀ!
NON M'INTERESSA ANDARE IN TV...
...MA HO PRESO COMUNQUE IL SUO BIGLIETTINO DA VISITA.
NON ESISTONO SOLO RAGAZZE CHE CI PROVANO CON I RAGAZZI, MA PURE I TALENT SCOUT...
A QUANTO PARE...
MMH...?
CHE C'È?
NON T'INTERESSA ANDARE IN TV, GIUSTO?

SIGNIFICA CHE PREFERIRESTI LAVORARE DIETRO LE QUINTE?
AH...
PIU` CHE DIETRO LE QUINTE...
...
MI PIACEREBBE...
...FARE IL TRADUTTORE...
EH?
SUL SERIO?!
AH! PER QUESTO PARLI BENE L'INGLESE?!
HO ANCORA MOLTO DA IMPARARE...

OOOH...
SAI... LA COSA CHE MI PIACE DI PIÙ DEI FILM DI ZAIZEN SONO I DIALOGHI.
SONO MOLTE LE BATTUTE CHE, PUR ESSENDO SEMPLICI E SPONTANEE, TI RIMANGONO IMPRESSE.
ANCHE IL FILM DI OGGI È STATO BELLO, EH?
SÌ.
COSÌ HO COMINCIATO A INTERESSARMI ALLA TRADUZIONE DELLE BATTUTE IN INGLESE...
...E TROVO INCREDIBILMENTE INTRIGANTE IL FATTO CHE VADANO RESE IN UNO SPAZIO LIMITATO.
HO PENSATO CHE SAREBBE BELLISSIMO SE UN GIORNO...
...ANCHE LE PAROLE TRADOTTE DA ME...
...POTESSERO RAGGIUNGERE QUALCUNO...

PROPRIO COME LE TUE HANNO FATTO CON ME.
EH...?
NO, NO... NON RICORDO DI AVERTI DETTO NULLA DI TANTO PROFONDO...
AVRÒ PARLATO SULLA SPINTA DEL MOMENTO...
AH AH!
SAPEVO CHE AVRESTI DETTO COSÌ.
E QUESTO LO CONFERMA ANCORA DI PIÙ...

NON IMPORTA, BASTA CHE MI SIA CA-PITO IO.
"FORSE SE NON L'HO FATTO..."
"...E` PERCHE` NON NE HO SENTITO IL BISOGNO..."

AH...
EHI!
CHE...
CHE ROBA IMBARAZZANTE TI METTI A FARE?!
OH!
SCUSA, NON VOLEVO.
AAAH!
VOLEVI ECCOME, INVECE!
MI È VENUTA VOGLIA DI BACIARTI.
...
OH, CAPISCO...
"SE FAI QUELL'ESPRESSIONE..."
"...NON MI LASCI SCELTA, NO?"

POFF
THUMP
CHE SONNO!
...
BE', NON C'È MOTIVO DI ARRABBIARSI...
È SOLO IMBARAZZANTE...
POSSO DARMI TUTTO IL TEMPO CHE MI PARE, MI SA CHE NON RIUSCIRÒ MAI A FARE SPONTANEAMENTE COSE SIMILI.
È TREMENDO...
OH!
HANNO CARICATO IL FILMATO DI OGGI.
Utube
NO ENGLISH BOWLING
No English Bowling e uno sviluppo inatteso
INGLESE...

"MI PIACEREBBE FARE IL TRADUTTORE..!"
È INCREDIBILE...
NON SAPEVO STESSE PENSANDO A UNA COSA DEL GENERE...
PIÙ LO CONOSCO E PIÙ MI RENDO CONTO DI QUANTO SIA ECCEZIONALE...
È NATURALE CHE SIA POPOLARE...
ROLL
UNO COME LUI...
...CHE CI TROVERÀ...
...IN ME...?
NON RIESCO ANCORA A SPIEGARMELO...
QUELLO LÀ...
SEMBRA FELICE PER OGNI SINGOLA COSA...

VRRR VRRR
WOAH?!
GULP
ビクッ
SAEKI?!
PRONTO?
PRIMA MI SONO DIMENTICATO DI DIRTI UNA COSA...
SÌ?!
CHE TEMPISMO SPAVENTOSO...
È STATO BELLISSIMO VEDERE IL FILM CON TE, OGGI.
RINGRAZIANIMI DA PARTE MIA.
OH, CERTO, GLIELO DIRÒ.
FARÒ TUTTI GLI ONORI DEL CASO.
TI RINGRAZIO.
A PROPOSITO...
INSOMMA, UNA PROIEZIONE COL CAST NON CAPITA TUTTI I GIORNI...
A LUI NON SARÀ DISPIACIUTO NON ANDARCI?
AH...
BE'...
ALL'INIZIO AVEVA INVITATO ME...

EH?
DAV-VERO?
OVVIAMENTE PENSAVO DI TORNARCI ANCHE CON TE, MA...
BE'...
È CHE...
...LA PRIMA VOLTA CI TENEVO A VEDERLO INSIEME.
QUANDO HO RIFIUTATO, NON SO BENE PERCHÉ, MA MI HA DATO I BIGLIETTI.
A CONTI FATTI SIAMO STA-TI FORTUNATI, SIAMO RIUSCITI AD ANDARE AL-L'EVENTO NOI DUE INSIE-ME E SIA...
...
MMH?
EHI?
CI SEI?

SÌ, SONO QUI.
OH.
CREDEVO CHE AVESSI ATTACCATO.
D'UN TRATTO TI SEI FATTO SILENZIOSO.
AH...
SCUSAMI.
È CHE SONO TREMENDAMENTE...
...FELICE...
EH?
COME?
...
D-DAVVERO?
SÌ.
WAH...
LA SUA VOCE...

QUANDO CI RIVE-DIAMO?
AAAH... CI SONO ANCHE GLI ESAMI, PER CUI CREDO DOPO L'INIZIO DELLE VACANZE ESTIVE...
POI DARÒ UN'OC-CHIATA AI TURNI.
SÌ.
CONTROL-LERÒ AN-CH'IO I MIEI IMPEGNI.
BUONA-NOTTE.
THUMP
...

E PENSARE CHE SONO STATO CON LUI SOLTANTO FINO A POCO FA...
MALEDIZIONE...
TUTTA COLPA DEL TELEFONO.

LO SAPEVO...
NON AVREI DOVUTO DIRGLIELO PER TELE-FONO...

The blue summer and you

The
blue summer
and you

Nagisa Furuya

FRIIIN
FRIIIN
FRIIIN
FRIIIN
Capitolo 4
FRIIIN
CHE CALDO!
FRIIIN
FRIIIN
FRIIIN
FRIIIN
FA TROPPO CALDO...
QUESTO SOLE E` LETALE PER UN ESSERE UMANO.
CRACK
STO PER EVAPORARE...

L'ESAME DI DOMANI E' QUELLO PIU' TOSTO...
CHE DOVREI FARE...?
SARA' MEGLIO TORNARE A CASA E STUDIA-RE?
O MAGARI ENTRARE IN QUALCHE LOCALE...?
GLU
GLU
GLU
GLU
FWAAAH
ぷはー
BIBIP
MMH?
Ho finito gli esami!
Le mie vacanze estive stanno per esplodere!
E tu come stai messo?
SOS
BIP
ポン

OH, CAVOLO!
SENTO CHE DOMANI POTREI FARCELA!
NON TI SMENTISCI MAI, GRANDE SENPAI SEKIGUCHI...!
CHE GELATO VUOI?
OH! COME SEI PREMUROSO!
UN GHIACCIOLO AL COCOMERO, GRAZIE!
PROPRIO COSÌ!
IL FATTO CHE FREQUENTI UN'ALTRA UNIVERSITÀ, NON RAPPRESENTA UN PROBLEMA PER ME!
HIRAOKA HA GIÀ FINITO?
ALLENARE...
...IL CORPO È FANTASTICOOO!
SÌ, IERI HA CONCLUSO GLI ESAMI E SI È SUBITO BUTTATO A CAPOFITTO NEL JUDO.
PIUTTOSTO, ANCHE AI TEMPI DEL LICEO CI RITROVAVAMO SPESSO COSÌ.
ORA CHE SIAMO ALL'UNIVERSITÀ, LE COSE NON SONO CAMBIATE.
PRIMA DEGLI ESAMI ERA TRADIZIONE.
SÌ, MA È SBAGLIATO FARNE UN'ABITUDINE... DOVETE IMPEGNARVI GIORNO PER GIORNO, VOI DUE!
UGH!

È CHE I TUOI INSEGNAMENTI MIRATI ED EFFICACI SONO COSÌ AFFIDABILI, CHE NON POSSIAMO FARNE A MENO...
SARÒ IL TUO INSEGNANTE OGNI VOLTA CHE LO VORRAI!
SLAP ぱし
SLAP ぱし
ORA CHE CI PENSO, TU E SAEKI VI CONTENDEVATE SEMPRE IL POSTO DI MIGLIORE IN CLASSIFICA, EH?
ANCHE LUI FINIVA SEMPRE TRA I PRIMI DIECI.
SONO CIRCONDATO DA RAGAZZI INTELLIGENTI!
...
MMH? CHE C'È?
PENSAVO CHE ERA DA QUELLA VOLTA...
...CHE NON PRONUNCIAVI IL NOME DI SAEKI.

BE', A QUEI TEMPI...
...CREDEVO DI NON POTER FARE IL SUO NOME CON TE...
...PERCIÒ LA CONSIDERAVO UNA SORTA DI PAROLA TABÙ.
NON TI AVEVO MAI VISTO ARRABBIATO COME QUELLA VOLTA.
IMMAGINAVO CHE STESSI EVITANDO DI PROPOSITO L'ARGOMENTO...
GIÀ...
TI RINGRAZIO.

...
BE'...
ANCH'IO ANDREI SU TUTTE LE FURIE SE QUALCUNO MI ABBANDONASSE IN QUEL MODO...
E POI...
...NON TE L'HO DETTO, MA...
EH?
A DIRLA TUTTA...
COSA?!
SGWASH
DOPO CHE SE NE È ANDATO TI HA CONTATTATO, HAI SCOPERTO DOVE SI TROVAVA, E POI UNA VOLTA DIPLOMATO SI È TRASFERITO QUI PER FREQUENTARE L'UNIVERSITÀ E VI STATE ANCORA VEDENDO?!
HO CAPITO BENE?!
VUSH
BLOP
BLOP
TI RINGRAZIO PER L'IMPECCABILE RIASSUNTO.

SUL SERIO?
SUL SERIO?!
AAAH...
IL SUO VOCABOLARIO È BELLO CHE ANDATO.
CHE SCONCERTANTE VERITÀ...
AAAH... PIUTTOSTO...
HAI SAPUTO PERCHÈ AVEVA CAMBIATO SCUOLA SENZA DIRE NIENTE?
ECCO...
SEMBRA CHE ABBIA AVUTO DEI MOTIVI PERSONALI...
UHM...
SLUUUR
ずずー…
SCUSAMI, GUCCHI... NON POSSO DIRTI TUTTO.
BE', MEGLIO COSÌ, NO? POTETE ANCORA VEDERVI!
ALLA FINE TRA VOI C'È UN BEL RAPPORTO, EH?
E TUTTE QUELLE SPINE...?
AH AH AH
NON FARCI CASO, È SOLO PERCHÈ SONO GELOSO.
EH? GELOSO?
BE', SAI... VISTO CHE SIAMO AMICI DALLE MEDIE, UN PO' DI GELOSIA CI STA, NO?
INSOMMA, DICIAMO CHE TI CONOSCO DA PIÙ TEMPO DI LUI...

SE È QUESTO CHE VUOI, A ME STA BENE.
È MOLTO MEGLIO CHE VEDERTI CON QUELLA FACCIA.
GROK
GROK
GUC-CHI... TI NOMINO MIO OCCHIALUTO D'ONORE!
YEAH!
AH...
C'È UNA SOLA COSA...
...CHE DOVRESTI DIRE A SAEKI DA PARTE MIA.
CHE COSA?
SE LO FARÀ DI NUOVO, LO PICCHIERÒ.
SÌ.
CI HO GIÀ PENSATO IO.
È PROPRIO DA TE!

RATTLE
QUALCOSA NON VA?
NO. NIENTE... SOLO UN BRIVIDO IMPROVVISO...
UH, NON AVRAI PRESO IL RAFFREDDORE?
EH?
IN ESTATE?
AAAH...
MI SENTO MOLTO PIÙ SOLLEVATO...
ANCHE ALL'ESAME, CREDO DI POTERMELA CAVARE IN UN MODO O NELL'ALTRO.
SONO CONTENTO DI ESSERE RIUSCITO A VEDERE GUCCHI OGGI.
"UN PO' DI GELOSIA CI STA, NO?"
HA DETTO COSÌ...
PERCHÉ IO E SAEKI ABBIAMO UN BUON RAPPORTO?
È UNA COSA DI CUI ESSERE GELOSI?

NON HO MAI FATTO CASO A QUESTE COSE...
...MA MI SEMBRA CHE ANCHE SAEKI MI ABBIA DETTO QUALCOSA DEL GENERE...
PERÒ, HO AVUTO AMPIAMENTE MODO DI VEDERE QUANTO SIA POPOLARE, PERCIÒ È UN PO' TARDI ORMAI...
PIUTTOSTO, SE LA GELOSIA ESISTE PERSINO TRA AMICI...
...PUÒ DARSI CHE IO NON PROVI NIENTE DEL GENERE...
UHM...
...
NO...
È CHE FORSE...
...NEL SUO CASO...
...I SENTIMENTI CHE PROVA PER ME NON VACILLANO MINIMAMENTE...

...E PER QUESTO NON AVVERTO GELOS...
WAH!
TONK
CHE MALE!
...!
IL MIO STINCO...!
AH...
SE CI RIPENSO...
ROBA DA PAZZI...
...MI SENTO TERRIBILMENTE IN IMBARAZZO.
AH AH AH AH!
CHE SFIGATO!
EH?

TI HO VISTO!
SORELLONA!
CHE SUCCEDE? STAVI PENSANDO A QUALCOSA?
NIENTE D'IMPORTANTE...
AVERE LA TESTA TRA LE NUVOLE E SBATTERE CONTRO QUALCHE CARTELLO È UN CLASSICO, PER TE!
PERCHÉ CAMMINI SEMPRE AL LATO DEL MARCIAPIEDE.
TACI!
PIÙ CHE ALTRO, OGGI RINCASI TARDI, EH?
NON SEI SOTTO ESAMI?
HO STUDIATO INSIEME A GUCCHI.
TU, PIUTTOSTO, HAI FATTO TARDI.
IO CON OGGI HO FINITO!
MI SONO VISTA CON UNA MIA AMICA PER ORGANIZZARCI.
PER COSA?
UN VIAGGIO.
LA PROSSIMA SETTIMANA ANDREMO A OKINAWA!
A FARE IMMERSIONI! ♡
EH? SUL SERIO?!
NON VEDO L'ORA!

MISSIONE ESAMI COMPLETATA!
BENE! È FINITA!
YEAH!
YEAH!
CLAP
POI BISOGNA VEDERE COM'È ANDATA...
NON PENSARCI ADESSO.
FWOSH
AH, GIUSTO!
DEVO DEDICARMI SUBITO AI PREPARATIVI!
PREPARATIVI?
DURANTE LE VACANZE ESTIVE LAVORERÒ PART TIME IN UN RIFUGIO IN MONTAGNA!
PER UN MESE NON POTRÒ SCENDERE SULLA TERRA, MA GUADAGNERÒ PARECCHIO!
UN RIFUGIO? GRANDIOSO!
CI HA LAVORATO IL FRATELLO DI UN MIO AMICO IN PASSATO, COSÌ VOLEVO PROVARCI ANCH'IO...
E POI MI PIACE LA MONTAGNA.

SE VAI IN MONTAGNA, PASSA A TROVARMI!
NON E` NEI PROGRAMMI, MA, NEL CASO, CONTO SU DI TE!
FRIIIN
SI STANNO TUTTI GODENDO ALLA GRANDE LE VACANZE ESTIVE.
AL MARE O IN MONTAGNA...
BE', SONO METE TIPICHE PER L'ESTATE.
FRIIIN
FRIIIN
FRIIIN
METE TIPICHE, EH?
ANCHE I POSTI CHE ABBIAMO VISITATO DURANTE IL PELLEGRINAGGIO NELLE LOCATION DEI FILM ERANO PIU` O MENO COSÌ...
FRIIIN
FRIIIN
FRIIIN
E POI VEDEVAMO FILM, MANGIAVAMO E RICOMINCIAVAMO A VEDERE FILM...
FRIIIN
EH...?

* KIMONO ESTIVO DAL TESSUTO LEGGERO.

BWAH AH!
SEI ARROSSITO.
TI DIVERTI A DIRE CERTE COSE, EH?
MI HAI SCOPERTO.
CHE PASSATEMPO DI PESSIMO GUSTO.
È SOLO PER DIVERTIRMI UN PO'.
ADESSO NON ESAGERARE!
E COMUNQUE, È VERO CHE VORREI VEDERTI CON LO YUKATA.
E POI...
...VOGLIO DIRTI TUTTO CIÒ CHE PENSO.
...
AH, SÌ?
L'ARIA CONDIZIONATA NON È UN PO' TROPPO BASSA?

WATARU.
MMH?
GNIK
...?!
EHI...
C-CHE FAI COSÌ AL-L'IMPROV-VISO?!
MMH.
"MMH" COSA?!
THUK

EH?
C-CHE C'È?
NON C'È BISOGNO DI STARE COSÌ SULLA DIFENSIVA.
PERÒ...
LASCIATI TOCCARE SOLTANTO UN PO'.
する
SLIP
RHI...
COME MI STA TOCCANDOOO?!
L'ALTRO GIORNO...
MMH?
QUANDO TI HO TELEFONATO...

...ERA PERCHE` MI MANCAVI.
ASP...
ASPETTA UN ATTIMO...
CHE INTENDEVA CON "SOLTANTO UN PO'"?!
UGH...
ACCIDENTI...
STO PER CADERE...
SLIP
VUSH
!

WOAH!
WATA-RU?!
ドタ
THUMP
HAI SBAT-TUTO?
UGH
STO...
...BE-NE...

AH...

SMACK
...?!
SCUSA SE TI HO FATTO CADERE.
DAMMI LA MANO.
...
S-SÌ.
GRAZIE.
È QUASI ORA.
VOGLIAMO ANDARE?
TUTUM
TUTUM
SÌ...
TUTUM
TUTUM
TUTUM
TUTUM
TUTUM
TUTUM
MALEDIZIONE...
AVEVA UN'ARIA COSÌ DISINVOLTA...
...CHE MI SONO MESSO ISTINTIVAMENTE SULLA DIFENSIVA...

...
THUD
FIUUU
GNIK
DEVI PORTARTI QUALCOSA DIETRO?
UHM...
HO IL PORTAFOGLIO E IL CELLULARE... DOVREI ESSERE A POSTO, NO?
CLACK
E ORA... FUOCHI D'ARTIFICIO!
SBAM

* UNA SORTA DI GRANITA.

SEMBRA CHE LAGGIÙ SI SIA LIBERATO UN PO' DI SPAZIO.
È UN MIRACOLO!
ALLORA VADO A COMPRARE QUALCOSA.
IO RESTO QUI A OCCUPARE IL POSTO.
CHE TI VA?
KAKIGORI!
ALLA FRAGOLA?
SÌ!
OK.
CHE FORTUNA!
CHE STRANO...
CHE CI FA ACCOVACCIATO PER TERRA...?
SI SENTIRÀ POCO BENE?
I SUOI GENITORI...

...NON MI PARE CHE SIANO NEI PARAGGI.
EHI.
QUALCOSA NON VA?
TI FA MALE LA PANCIA?
NO...
NON MI FA MALE...
SEI VENUTO QUI CON QUALCUNO?
IL TUO PAPÀ E LA TUA MAMMA DOVE SONO?
...
SOB
NON...
MMH?
SIGH
NON LI TROVO PIÙ!
SIGH
SU, SU.
SAI DIRMI DOVE LI HAI PERSI DI VISTA?
NON...
NON LO SOOO!
SNIFF
SNIFF
EH

BENE, ALLORA...
...VUOI CERCARLI INSIEME A ME?
LI...
LI TROVEREMO?
OH, CERTO CHE SÌ!
MA SE RESTIAMO QUI È DIFFICILE...
...PERCIÒ, ANDIAMO INSIEME DOVE POSSONO AIUTARCI A CERCARLI.
SÌ...
HO LA SENSAZIONE...
...CHE UNA COSA SIMILE SIA GIÀ ACCADUTA...
...IN PASSATO...

SMILE
にっ
BE', MI DISPIACE, SAEKI...
TI AVVISO SUBITO.
ORA QUESTO BAMBINO HA LA PRIORITÀ.
BENE.
PER FORTUNA SONO RIUSCITO A RIPORTARLO SENZA PROBLEMI DAI SUOI GENITORI.
RUSTLE
DEVO SBRIGARMI AD AVVISARE SAEKI...

MMH?
...
RUSTLE
ゴソ
RUSTLE
ゴソ
MMH?
EHI, EHI!
ぺた
PAT
PAT
ぺた
PAT
ぺた
EH?
CO-SA?
PAT
ぺた
NON SARÀ MICA CADUT...
AH!
サーッ
GULP
AAAH!
ど DAAAN ん
L'HO DIMENTICATO A CASA SUA!
OOOH! ORA CHE SONO IO IL BAMBINO SMARRITO, CHE FACCIO...?!
ACCIDENTI! E ADESSO?
POTREI FARMI PRESTARE IL TELEFONO DA QUALCUNO... MA NON RICORDO IL SUO NUMERO!
È PERCHÉ LUI, PRIMA DI USCIRE...
...HA...
...HA FATTO QUELLE COSE...
ORA NON È IL MOMENTO DI PENSARCI.
CHE FACCIO?
GLOM
へし
CREDEVO CHE SAREBBE BASTATO FARGLI UNA TELEFONATA, PERCIÒ NON HO NEPPURE TENUTO A MENTE IL POSTO DI PRIMA!

SE CI CERCHIAMO IN GIRO A VICENDA, NON CI TROVEREMO MAI...
...MA SE LO ASPETTASSI ALLO STAND PRINCIPALE E LUI ASPETTASSE ME NEL POSTO DI POCO FA, IL RISULTATO SAREBBE LO STESSO...
SONO FREGATO...
VRRR
VRRR

MMH?
TU NON SEI TODA?
AH...!
AKIYOSHI?!
EHILÀ! AVEVO RAGIONE, ALLORA.
HO SENTITO UN GRIDO E MI SONO CHIESTO COSA FOSSE SUCCESSO...
CHE COINCIDENZA!
ALLORA SEI VENUTO, EH?
POTREI DIRE LO STESSO DI TE.
SONO STATO TRASCINATO DALLA FAMIGLIA DI MIO FRATELLO E STO TENENDO D'OCCHIO MIO NIPOTE.
VISTO CHE SCORRAZZA QUA E LÀ, HO PAURA DI PERDERLO SE MI DISTRAGGO.
AH, IO HO APPENA RIPORTATO AI GENITORI UN BAMBINO SMARRITO.
FARÒ ATTENZIONE.

SCUSA SE MI INTRO-METTO, MA...
...PERCHÈ PRIMA STAVI UR-LANDO?
AH!
EHM...
ECCO...
EH?
SE PERDI IL CELLULARE IN UN POSTO SIMILE SEI FREGATO.
ESATTA-MENTE.
VUOI CHE LO CHIAMI IO?
AH!
AKIYO-SHIII!
SEI UN DIO!
ASPETTA UN ATTIMO.

AAAH...
MI HA SALVATO...
AH, PRONTO?
CHIHARU?
SÌ...
SÌ, ESATTO.
È ACCANTO ALLO STAND PRINCIPALE.
GRAZIE!
HA DETTO CHE ARRIVA SUBITO.
AH! SÌ! TI RINGRAZIO.
ALLORA IO VADO, MI STANNO ASPETTANDO.

SALUTAMI CHIHARU!
SÌ...
...
PAPAFF
WATARU!
PAPAFF

MENO MALE!
ERI SPARITO E NON RISPONDEVI NEMMENO AL CELLULARE...
AVEVO PAURA CHE TI FOSSE SUCCESSO QUALCOSA...
AAAH はー…
MI HAI FATTO PREOCCUPARE.
MI DISPIACE.
NON HAI NULLA DI CUI SCUSARTI.
ANZI, HAI FATTO UNA COSA DEGNA DI TE E QUESTO MI FA PIACERE.
AH!
PIÙ CHE ALTRO, SCUSAMI PER IL KAKIGORI.
HO SPIEGATO LA SITUAZIONE ALLO STAFF DELLO STAND E HANNO PENSATO LORO A BUTTARLO VIA.
SI ERA SCIOLTO TUTTO...
EH?
AH, NON PREOCCUPARTI.
DEVO RINGRAZIARE AKIYOSHI.
NON È...
PAFF
...UN PROBLEMA...

PAFF
PAPAFF
PAFF
VI RINGRAZIAMO...
...PER AVER PARTECIPATO ALLO SPETTACOLO DI OGGI...

GLI ULTIMI FUOCHI ERANO MAGNIFICI, EH?
SÌ.
SE CASA MIA AVESSE AVUTO LE FINESTRE DALL'ALTRO LATO, AVREMMO POTUTO VEDERLI UN PO' DAL BALCONE.
GIÀ.
...
WATARU.
MMH?
È TUTTO OK?
EH?
PERCHÈ ME LO CHIEDI?
DURANTE LO SPETTACOLO NON SEMBRAVI MOLTO IN FORMA.
TI SENTI POCO BENE?

NO!
NIENTE AFFATTO!
STO BENE!
MEGLIO COSÌ, ALLORA...
EH?
NON SEMBRAVO...
...IN FORMA...?
AH...
SENTI...
MMH?
...

NO... NIENTE...
EH? CHE C'È? SONO CURIOSO.
TI HO DET-TO CHE NON È NIENTE.
MA SE...
...NON È NIENTE...
...ALLORA PERCHÈ...
...MI SENTO COSÌ?

SA...

CHIHARU.

EH...?

The blue summer and you

The
blue summer
and you

Nagisa Furuya

Capitolo 5
EH...?
MI HAI...
...CHIAMATO PER NOME...?
SÌ.
L'HO FATTO.
•••

CHE...
CHE TI E' PRESO COSÌ ALL'IMPROVVISO?
PER CARITÀ, SONO FELICISSIMO, MA MI HAI COLTO DI SORPRESA...
COME PENSAVO, HAI QUALCHE PROBLEMA...?
NIENTE AFFATTO.
...
WATARU?
AKIYOSHI...
EH?
AKIYOSHI?
CHE C'ENTRA LUI...?
TI HA CHIAMATO...
...CHIHARU...

EH?
AH... SÌ.
LUI MI CHIAMA PER NOME.
PERÒ...
...CHE COSA...
...C'ENTRA...?
PER CASO...
...È PER QUESTO CHE ERI UN PO' GIÙ...?
VOGLIO DIRE...

NEMMENO IO TI CHIAMO PER NOME...
...MA QUALCUN ALTRO LO FA... E` IRRITANTE, NO?

BE'...
...
IMMAGINO CHE PER TE...
...SENTIRE QUALCUNO QUESTIONARE PER UNA SCIOCCHEZZA SIMILE SIA UNA SECCATURA...
...MA...
GRAB
EH?

SBAM

EH...?
E...
EHI...
GRAB
...
ASP...
NON RESPIRO...
...SECCATURA...
EH?
NON È AFFATTO UNA SECCATURA.
PERCHÈ...
...SIGNIFICA...

...CHE SEI GELOSO, NON È VERO?
CHIHARU?
AH!

...!
EHI... NON FISSARMI!
WATA-RU...
ORA NON CE LA FAC-CIO...
WATARU.
GUARDAMI.

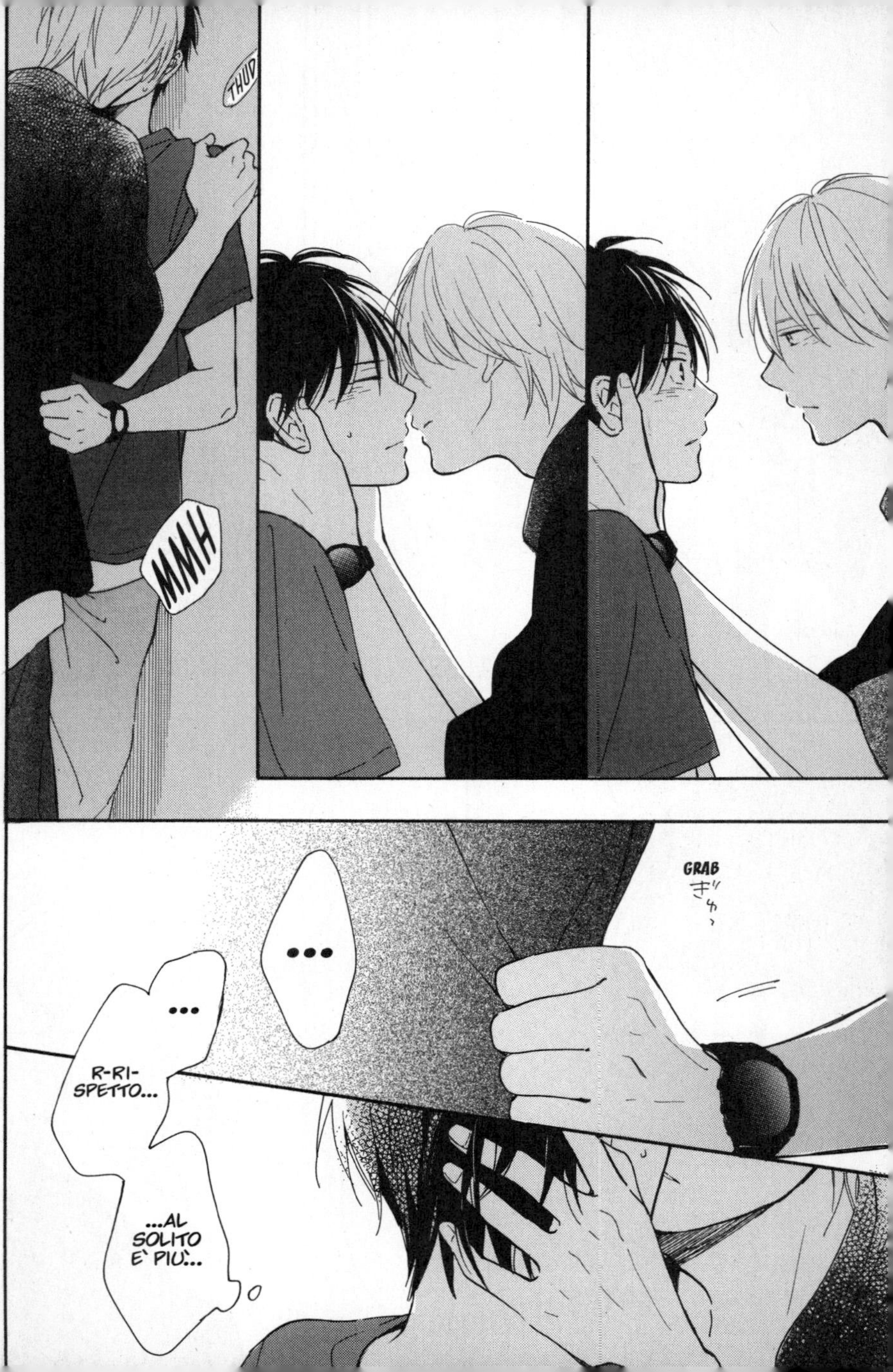
THUD
MMH
GRAB
ぎゅっ
...
...
R-RI-
SPETTO...
...AL
SOLITO
E` PIU`...

GULP
!
AH...
WAH!
THUK
ASPET-TA... ...UN... ...MO-MENTO...
...
MI HA MESSO QUAL-COSA IN BOCCA...
SCUSA...

EH...?
PENSAVO CHE FARE LE COSE CON CALMA...
...UN PASSO ALLA VOLTA, MI SAREBBE ANDATO BENE, MA...
...I BACI...
...NON MI BASTANO PIÙ.

...
...NO...
...NON SCUSARTI.
IO...

...NON HO MAI DETTO CHE NON MI VA...
GNIK

THUMP
ドサ
WAH!
...UH...
SMACK
TUTUM
ドキ

...
E-EHI...!
WATARU...
BWAH AH!
SEMBRI UN SASSO...
SEI TUTTO RIGIDO...
NON POSSO FARCI NIENTE...
THUP
SCUSA.
MALEDIZIONE... RIESCI A MANTENERE LA CALMA IN QUALSIASI CIRCOSTANZA...
VOI BEI RAGAZZI NON VI PREOCCUPATE DI NIENTE, EH?
CHE NERVI!
GNIK
TI HO CHIESTO SCUSA...
CHE IDIOTA CHE SONO...

TI SBAGLI.
EH?
SE FAI QUESTE COSE CON LA PERSONA CHE AMI...
...E` IMPOSSIBILE RESTARE CALMI.

...
AH...
EHM...
SENTI...
MMH?
TRAN-QUILLO.
NON ANDREMO FINO IN FONDO...
IO STO...

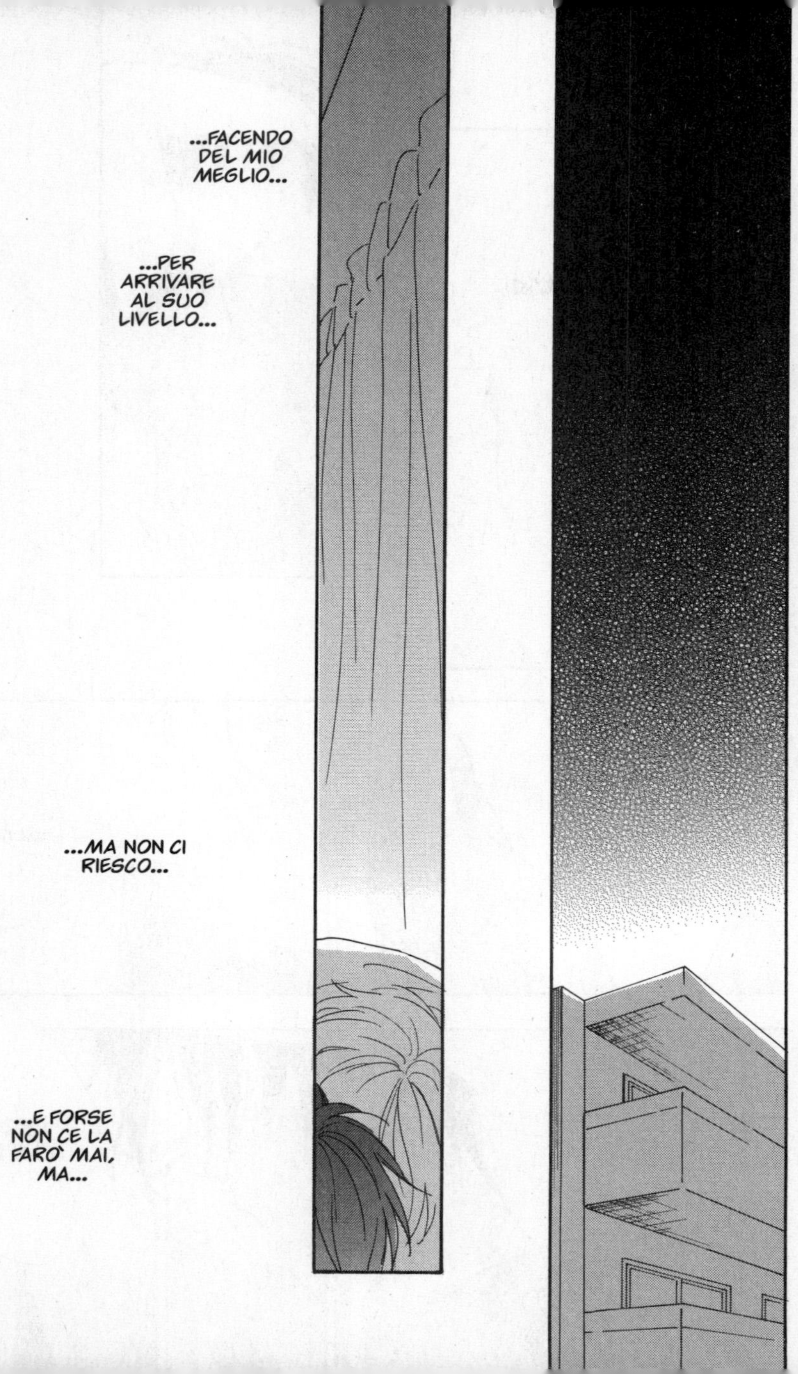
...FACENDO DEL MIO MEGLIO...
...PER ARRIVARE AL SUO LIVELLO...
...MA NON CI RIESCO...
...E FORSE NON CE LA FARO' MAI, MA...

...
ANF
ANF
...
ANF
WATARU.
TUTTO BENE?
CERTO CHE NO.
SCEMO.

TI AMO.
WATARU.
PERÒ...

ANCH'IO...

GNIK
EH? CHIHA-RU?
AKIYO-SHI.
NON CREDEVO FOSSI QUI, OGGI.
VOLEVO ANDARE IN BIBLIO-TECA...
EH? DAVVE-RO?
C'ERO ANCH'IO.
SUL SERIO?
PERCHE` FISSAVI IL CIELO?
AH, NO...
PENSAVO CHE NON MI ANDAVA DI USCIRE SOTTO IL SOLE...
TI CAPISCO BENISSIMO.
FRIIIN
FRIIIN
FRIIIN
SE VAI PRIMA TU, TI SEGUO.
EH?
ALLORA LO STES-SO VALE PER ME.

COSÌ NON HA SENSO.
FRIIIN
FRIIIN
AH AH!
FRIIIN
FRIIIN
IN ESTATE CI SONO TANTI EVENTI E CI SI DIVERTE UN SACCO, MA...
...IL CALDO È INSOPPORTABILE...
HAI RAGIONE.
PIUTTOSTO, GRAZIE PER L'ALTRA VOLTA.
NON ERO ANCORA RIUSCITO A RINGRAZIARTI COME SI DEVE.
AH, TRANQUILLO.
FORTUNA CHE PASSAVO PROPRIO DAVANTI ALLO STAND PRINCIPALE.
GRAB
SONO FELICE DI ESSERE STATO D'AIUTO.

TI RINGRAZIO...
...DAVVERO TANTO!
EH?
C'È DAVVERO BISOGNO DI RINGRAZIARMI COSÌ TANTO?
PERCHÉ SEI COSÌ FORMALE?
AAAH!
CHE STANCHEZZA!
FINALMENTE ABBIAMO FINITO!
OGGI È STATA DAVVERO PESANTE...
AAAH...
は〜…
C'ERANO PURE UN SACCO DI SPETTACOLI SERALI.
I WEEKEND DURANTE LE VACANZE ESTIVE SONO PAZZESCHI!

EH, GIÀ... PARLANO TUTTI DI SUMMER HIGHWAY, NO?
SEMBRA CHE PERSINO IL REGISTA E LO STAFF DELLA PRODUZIONE NON SI ASPETTASSERO UN TALE SUCCESSO.
NON VI SEMBRA CHE OGNI SETTIMANA LA GENTE CHE VA A VEDERLO AUMENTI?
GIÀ... INCREDIBILE, EH?
SI RIVOLGE A UN PUBBLICO GIOVANE...
...PER CUI CREDO CHE I PELLEGRINAGGI NELLE LOCATION DEL FILM SARANNO PIUTTOSTO FREQUENTI...
AH, GIUSTO...
HO SENTITO CHE SONO GIÀ UNA MODA.
CHE VELOCITÀ!
VISITARE LE LOCATION DEI FILM, EH?
NON HO MAI FATTO UNA COSA DEL GENERE.
NEMMENO IO!
IO SÌ.
È MOLTO DIVERTENTE!
OOOH!

* ISOLA ABBANDONATA SITUATA NELLA PREFETTURA DI NAGASAKI. IL NOME SIGNIFICA LETTERALMENTE "ISOLA DELLA NAVE DA GUERRA" PER VIA DELLA SUA CARATTERISTICA FORMA.

E TU, SAITO?
IO ANDREI A KAMAKURA, CREDO. Ci HANNO GIRATO UN SACCO DI FILM...
E POI MI PIACEREBBE PASSEGGIARE SULLA SPIAGGIA...
...E SENTIRMI COME LA PROTAGONISTA DI UNA STORIA D'AMORE CON UN BEL RAGAZZO.
TI PIACCIONO PROPRIO I BEI RAGAZZI, EH, SAITO?
A QUESTO MONDO NON ESISTONO DONNE A CUI NON PIACCIONO!
NON CI SONO ABBASTANZA BEI RAGAZZI!
GRIP
くわっ
COME FAI A DIRLO?
E TU, TODA?
EH?
L'ALTRA VOLTA CI SEI ANDATO PERCHÈ SEI STATO INVITATO, NO?
SE DOVESSI SCEGLIERE TU?

E COSÌ...

ECCOCI ARRIVATI!
KOSARUSHIMA
UN'ISOLA DISABITATA!
"ISOLA DELLE SCIMMIETTE"
BE'...
IN REALTA' E' PIENA DI GEN-TE...
BLA
BLA
IN UN CERTO SENSO E' PIU' AFFOLLATA DI UN'ISOLA ABITATA...
CHE FACCIA-MO?
INIZIAMO SUBITO A GIRARE?
AH!
VORREI MANGIARE IL CURRY!
QUELLO TIPICO DELLA MARINA MILITARE!

OOOH!
È PAZZESCO!
SEMBRA DI STARE IN UNA GIUNGLA!
POTREBBE SALTARE FUORI UN DINOSAURO!
QUESTO POSTO È PROPRIO IL TUO GENERE.
SÌ!
TI PIACE JURASSIC PARK, NO?
CI HO RIFLETTUTO UN SACCO, MA NON SONO RIUSCITO A DECIDERE UNA LOCATION IN PARTICOLARE...
...PERCIÒ ALLA FINE SIAMO VENUTI IN UN POSTO CHE AVREI VOLUTO VISITARE COMUNQUE.
DATO CHE SIAMO IN ESTATE, MI PIACEVA L'IDEA DI ANDARE IN UNA LOCALITÀ ADATTA ALLA STAGIONE.
È UNA BUONA IDEA.
ANCHE A ME PIACCIONO I POSTI COME QUESTO.
MI SEMBRA DI EVADERE DALLA QUOTIDIANITÀ.
SÌ, ESATTO!

AH!
HAI UNA FOGLIA TRA I CAPELLI.
EH?
STAI FERMO.
PRESA.
È...
È CHE...
CI SIAMO RIVISTI OGGI DOPO L'ALTRO GIORNO...

COSÌ... ...MI ATTACCHI L'IMBARAZZO.
STA' ZITTO.
IN QUESTA ZONA NON C'È NESSUNO.
EPPURE ALL'ENTRATA ERA COSÌ PIENO DI GENTE...
QUI LE PIANTE SELVATICHE CRESCONO RIGOGLIOSE...
QUESTO POSTO MI RICORDA IL PARCO HIGASHIMURA.
È VERO. C'È TANTISSIMO VERDE ANCHE LÌ.

...
IN QUEL MOMENTO...
VUSH
WOAH!
SLIP
?!
WATARU?!
EHI!
MI HAI FATTO PRENDERE UN COLPO!
CHE E` SUCCESSO?
ACCIDENTI...
NON STAVO GUARDANDO DOVE METTEVO I PIEDI E SONO SCIVOLATO... SCUSA.

STAI BENE?
ECCO QUA.
SFRUSH
GRAZIE.
WAH!

EHI!
POSSIAMO TENERCI PER MANO...
...SOL-TANTO UN PO'?
AH...

ACCI-
DENTI...
È
COME
SE...

SAI, IO...
...FARÒ DEL MIO MEGLIO...
...PER NON LASCIARE MAI...
...LA MANO CHE MI HAI DATO, WATARU.

SÌ...
METTICELA TUTTA.
CHIHARU.

A PROPOSITO...
GUCCHI HA DETTO CHE SE FARAI DI NUOVO LA STESSA COSA, TI PICCHIERÀ.
LO TERRÒ BENE A MENTE...
GLI HO DETTO CHE CI HO GIÀ PENSATO IO.
BWAH AH!
QUESTO È VERO.

OOOH!
UNA SCO-GLIERA!
QUAL-CUNO STA PESCANDO.
CHISSÀ CHE PESCI CI SONO QUI...
SCEN-DIAMO A DARE UN'OC-CHIATA!
ACCIDENTI, SONO GASA-TISSIMO!
AH!
DASH
だっ

STAI ATTENTO A NON CADERE DI NUOVO.
UGH!
ARRIVIAMO FINO ALL'ESTREMITÀ.

PERCHE`...

TSK!
RUSTLE
ALLORA LO FACCIO ANCH'IO.
...MI FA SENTIRE...

...COSÌ...

...L'ESTATE INSIEME A TE...
THE BLUE SUMMER AND YOU - FINE

The
blue summer
and you

Nagisa Furuya

The blue summer and you

LA SERA E LA MATTINA DI QUEL GIORNO D'ESTATE
TLAK
TLAK
TLAK
HO FINITO.
ORA DEVO SOLO RIORDINARE TUTTO E INVIARE.
TAK
E` GIA` L'UNA...
FACCIAMO UNA PAUSA.

CHISSÀ...
...CHE STARÀ FACENDO...
...
NO.
STARÀ GIÀ DORMENDO.
VRRR VRRR
WAH!
EH?
Wataru
AH...
P-PRONTO?

EHILÀ, SONO IO.
STAVI DORMENDO?
NO, ERO SVEGLIO.
TU, PIUTTOSTO, CREDEVO FOSSI GIÀ A LETTO.
EH?
NO... AH AH AH!
?
QUALCOSA NON VA?
COS'È QUELLA RISATA INNATURALE?
COME "INNATURALE"? EHI!
NO, È CHE... SO CHE È UN PO' IMPROVVISA COME COSA, MA...
A DIRLA TUTTA...
EH?

EHILÀ!
NON SEI RIUSCITO A PRENDERE L'ULTIMO TRENO?
DOPO IL LAVORO SONO ANDATO A MANGIARE QUALCOSA CON DEI COLLEGHI, MA MI SONO LASCIATO TRASPORTARE DALL'ENTUSIASMO E HO FINITO PER PERDERLO...
SONO RIUSCITO A PRENDERE PER UN PELO LA LINEA CHE PORTA QUI DA TE.
CHE SORPRESA...
NON CREDEVO CHE FOSSI DAVANTI CASA MIA.

AH!
PIUTTOSTO, SONO VENUTO QUI D'IMPULSO, MA SEI SICURO CHE NON SIA UN PROBLEMA?
TRANQUILLO.
SEI SEMPRE IL BENVENUTO, WATARU.
BENE!
AAAH... PER FORTUNA SI E' RISOLTO TUTTO PER IL MEGLIO!
E COME SE NON BASTASSE, SONO STANCHISSIMO PERCHE' OGGI ERA PIENO DI GENTE.
POFF
ぼすっ
HAI LAVORATO SODO.
ALLA FINE E' STATO UNO SPASSO PERCHE', PER IL TROPPO LAVORO, NOI DELLO STAFF ERAVAMO TUTTI UN PO' FUORI DI TESTA!
HAI VISTO I MIEI OCCHIALI?
NIMI CERCAVA GLI OCCHIALI NONOSTANTE LI STESSE INDOSSANDO...
CE LI HAI IN FACCIA...
BLA BLA
SABATI E DOMENICHE, DOVETE SPARIRE!
E IO HO ROVESCIATO LA SPAZZATURA CHE AVEVO RACCOLTO, PROCURANDOMI DA SOLO DEL LAVORO EXTRA...
AAAH
BLA BLA
OGGI SEI PARECCHIO EUFORICO, EH?
EH? DICI?
WAH AH AH! FORSE MI E' RIMASTA ANCORA L'ECCITAZIONE DELLA SERATA!
BE', COMUNQUE...
...PERDERE L'ULTIMO TRENO E' STATO UN FUORI PROGRAMMA, MA...

...QUESTA SITUAZIONE POTREBBE RIVELARSI DIVERTENTE.
SE NON FOSSIMO STATI VICINI, NON AVREMMO POTUTO FARE QUESTE CO-SE, NO?
GIÀ...
È UN PO' DA INCOSCIENTI, MA...
E TU CHE STAVI FA-CENDO?
AH...
STAVO PREPARAN-DO DEL MATERIA-LE PER LAVORO.
OH... SEI DAVVERO IN GAMBA...

HO FINITO PROPRIO UN ATTIMO FA.
MI RESTA SOLO DA RIORDINARE TUTTO E INVIARE IL FILE... VADO A SBRIGARE LE ULTIME COSE E TORNO.
TU METTITI COMODO.
A DOPO!
SBAM
バタン
YAWN!
ふあ
あ
CLACK
カチ
BENE.
INVIO COMPLETATO.
CLACK
WATARU.
VUOI BERE QUALCOSA?

EH?
ZZZ
SI È ADDORMENTATO...
SONO PASSATI SOLO CINQUE MINUTI, EPPURE...
...DORME COME SE GLI SI FOSSERO SCARICATE LE BATTERIE.

WATARU.
WATARU.
GIÀ DORMI?
PARLIAMO ANCORA UN PO'...
GUARDA CHE SE NON TI SVEGLI, TI BACIO.
ZZZ
ZZZ

NON SI SVEGLIA...
RONF
か
HO UN DÉJÀ-VU...
GNIK

...
NO...
NON POSSO FARLO...
...MENTRE DORME...
SE POI LO VENISSE A SAPERE...
...SI VERGOGNEREBBE DI NUOVO E ANDREBBE SU TUTTE LE FURIE...

SO CHE SI SENTE ANCORA...
...UN BEL PO' DISORIENTATO, MA...
...A MODO SUO...
...CE LA METTE SEMPRE TUTTA...
...PER CORRISPONDERE I MIEI SENTIMENTI E QUESTA È LA COSA CHE MI RENDE PIÙ FELICE.
IN REALTÀ VORREI COMUNICARGLI DI PIÙ CIÒ CHE PROVO...
...MA SONO CERTO SI IRRIGIDIREBBE.
ANCHE SE LE SUE REAZIONI SONO COSÌ CARINE CHE FINISCO PER FARLO LO STESSO...
UHM?
うーん？
MMH...
VUSH

SLIP
L'HA FATTO INCONSCIAMENTE... CHE PAURA...
QUANDO FA COSÌ...
BUONA-NOTTE.

NO, BE'...
ANCHE SE MI DICI COSÌ...
TI HO DETTO CHE NON C'È PROBLEMA.
EEEH? PERÒ...
...TI SONO PIOMBATO IN CASA, MI SONO ADDORMENTATO SUBITO E UNA VOLTA SVEGLIO HO TROVATO PERSINO LA COLAZIONE PRONTA... NON HO FATTO ALTRO CHE CREARTI DEI DISTURBI...
E QUESTO È SBAGLIATO?
MMH... BE', SAI, IN TEORIA NON SAREBBE PROPRIO...
NON PREOCCUPARTI.
PASSARE DEL TEMPO CON TE MI RENDE FELICE, E SE FACCIO CERTE COSE È PERCHÉ MI FA PIACERE, ALTRIMENTI EVITEREI.
MMH...

ALLORA...
...NON POSSO RICAMBIARE IN ALCUN MODO?
EH?
RICAMBIARE?
SÌ.
PER ESEMPIO, VUOI CHE TI OFFRA O FACCIA QUALCOSA...
ANCHE SE NON POSSO AIUTARTI NELLO STUDIO... E POI NON AVREBBE MOLTO SENSO...
EHM...
VEDIAMO...
...
POSSO CHIEDERTI QUALUNQUE COSA?
MMH?
SÌ.

DAV-VERO?
EH?
CERTO.
SICURO CHE VA BENE TUTTO?
EH?
PER-CHÉ ME LO CHIEDI COSÌ INSISTENTE-MENTE?
...
CHE...
CHE C'È?
ALLO-RA...
ECCO...
VORREI...
...CHE FOSSI TU...
...A BA-CIARMI.

EH?
I...
I...
IO...?!
...
E' DIVENTATO UN PEZZO DI LEGNO.
...
NO, EHM...
TRANQUILLO.
NON DEVI SFORZARTI.
E SCUSA...
...
BENE.

D'ACCORDO.
EH?
EH?
EH?!
DAVVERO?
COSA?!
SEI STATO TU A CHIEDERMELO, NO?
SÌ, PERÒ...
STAI FERMO LÌ!
FERMO?
CHIUDI GLI OCCHI.
NON APRIRLI PER NESSUNA RAGIONE, EH!
AH, VA BENE.
NON È PIÙ LUCIDO...
VORREI GUARDARLO IN FACCIA, MA... PAZIENZA...

GNIK
...

TI AVEVO DETTO DI NON APRIR-LI...
BE'...
COME POTEVO RESI-STERE?
THUMP
AAAAAH!
EH?

...
EHI!
CHE TI PRENDE?
AH AH AH!
QUALCOSA DENTRO DI ME SI È CONSUMATO COMPLETAMENTE...
NON C'È NIENTE DA RIDERE...
AH, SÌ.
TI RINGRAZIO PER AVERCELA MESSA TUTTA.

NON FARE QUEL SORRISINO FRIVOLO!
STUMP
CHE MALE C'È?
MI HAI RESO FELICE.
È LA PRIMA VOLTA CHE LO FAI.
...
BE'...
NON CHE LA TUA ESPRESSIONE ESTASIATA...
...MI DISPIACCIA...

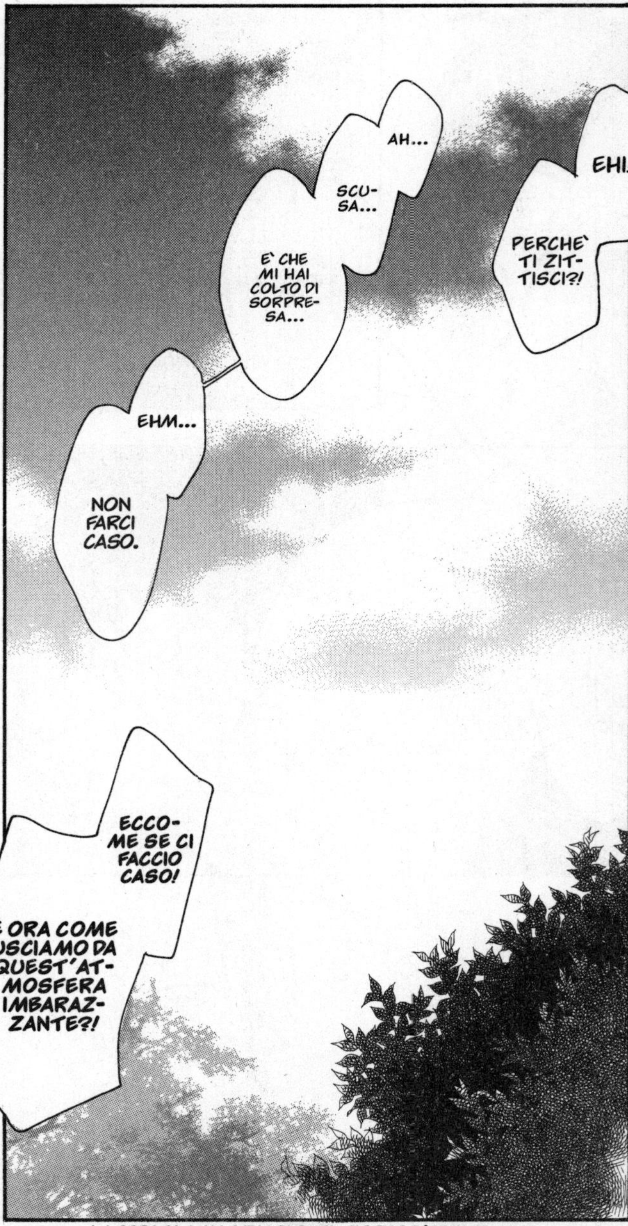

LA SERA E LA MATTINA DI QUEL GIORNO D'ESTATE - FINE

The blue summer and you

The blue summer and you

The blue summer and you

The blue summer and you

The blue summer and you

The blue summer and you

★ COME LEGGERE UN MANGA ★

Quello che vi apprestate a leggere è un **manga**, ovvero un fumetto giapponese. La parola 'manga' significa 'immagini in movimento' e da molti decenni è il termine giapponese che contraddistingue questo tipo di produzione. L'unica differenza tra un fumetto occidentale e uno giapponese è che quest'ultimo si legge... a rovescio! Ovviamente, detta così, la cosa risulta alquanto strana; in realtà si tratta esclusivamente di un fatto legato alla cultura e alla tradizione nipponica che è rimasto fino a oggi inalterato. Nel Paese del Sol Levante, infatti, la scrittura procede **da destra verso sinistra** per cui i libri, i quotidiani e le riviste pubblicate si leggono in questo senso: osservando la copertina di una pubblicazione nipponica, infatti, ci si trova con la rilegatura sulla destra e le pagine 'libere' a sinistra.

La stessa cosa avviene per i fumetti.

Niente panico, quindi! Il senso di lettura non è né stravolto, né incomprensibile: le vignette si leggono **da destra verso sinistra**, proprio come se aveste aperto l'albo davanti a uno specchio. E quando passate alla fila di vignette inferiore, riprendete **da destra a sinistra**; poi di nuovo giù; e ancora **da destra a sinistra**. Se siete ancora indecisi, aprite davvero l'albo davanti a uno specchio e osservate lo scorrimento delle vignette come se aveste davanti un fumetto normale: capirete il meccanismo di lettura con una facilità impressionante. E quando leggete, ricordatevi che anche i balloon (le chiacchiere dei personaggi, insomma) vanno letti **da destra a sinistra**!

Buon divertimento, quindi, con i manga delle Edizioni Star Comics!

APERTURA ALLA OCCIDENTALE | **APERTURA ALLA GIAPPONESE**

LETTURA ALLA OCCIDENTALE | **LETTURA ALLA GIAPPONESE**

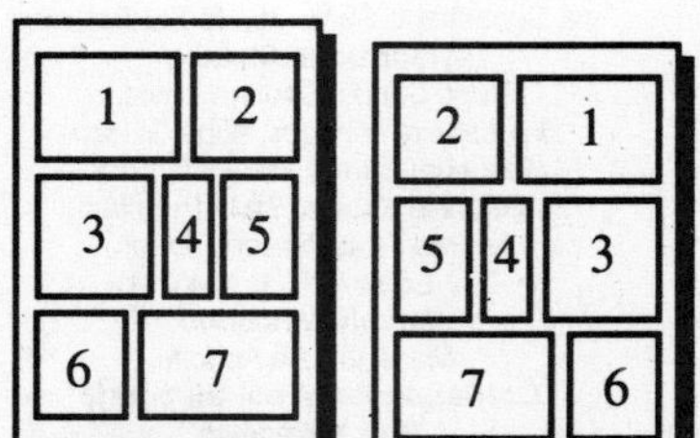

LETTURA ALLA OCCIDENTALE DEI BALOON | **LETTURA ALLA GIAPPONESE DEI BALOON**

DA DESTRA A SINISTRA

The blue summer and you

QUEER
Pubblicazione mensile - Anno II
Numero 5 - febbraio 2021

Pubblicazione a cura di
BLUE FACTORY Srl
Via Sebastiano Serlio 35, 40128 Bologna
Direttore generale
Giovanni Bovini
Amministratore delegato
Simone Bovini
Direttore responsabile ed editoriale
Claudia Bovini
Publishing manager
Cristian Posocco
Curatrice di testata
Claudia Calzuola
Supervisione
Filippo Sandri
Ufficio grafico
Alcadia Snc
Via Sebastiano Serlio 35, 40128 Bologna
Redazione Alcadia
Filippo Sandri, Sabrina Daviddi,
Baldassarre Minopoli, Anna Giuliani,
Eleonora Baroni, Mariolina Ferri,
Gabriele Zobele, Silvia Peruffo,
Andrea Piras, Stefano Tonon,
Eugenia Guerrero
Amministrazione
Maria Grazia Acacia
Corrispondenza col Giappone
Mari Nakagawa
Ufficio stampa
Chiara Pancrazi

Traduzioni
Alice Settembrini (Newtype K.K.)
Adattamento testi
Cristina Riminucci
Adattamento grafico
Antonio Lo Muzio
Lettering
Federica Bellinato
Editore
EDIZIONI STAR COMICS Srl
Strada Selvette 1bis/1, 06134 Bosco (PG)
www.starcomics.com - info@starcomics.com
Per richiedere i numeri arretrati
www.starcomics.com
www.starshop.it
Per la pubblicità su questo albo
Edizioni Star Comics Srl
Tel. 075 5918353
ufficiostampa@starcomics.com
Stampa e fotocomposizione
Grafiche Bovini - Bosco (PG)
Distributore esclusivo per le fumetterie
Star Shop Distribuzione Srl
Via del Piombo 30 06134 P.te Felcino (PG)
Tel. 075 6919931/865 - Fax 075 6910652
www.starshop.it
Distributore esclusivo per le librerie
A.L.I. srl
Via Milano 73/75. 20010 Cornaredo (MI)
Tel. 02 99762430-1-2 - Fax 02 36548188
infoali@alilibri.it - www.alilibri.it

COPYRIGHT